安藤眞理子句集

Ando Mariko

蜷の道

ふらんす堂

蜷の道／目次

装画・葵
装画加工・千穂

句集

蜷の道

Ⅰ 草の花

朝日カルチャーセンター宇佐美魚目先生の教室にて俳句を始める。三人の子どもが巣立ち、義父母を送った後のことで遅いスタートだった。幼い頃に多くの時間を過ごした母の生家での暮らしが主な句材となった。

「俳句は教えるものでも習うものでもない。自得のもの。他から教えられ金科玉条とするのは手っ取り早いが安上がり。ゆっくり歩いて自分で会得していくことが第一」と絞り出すように魚目先生が語られた。画家の香月泰男を引き、「摺針峠」こそ自得のものと言われた。それが最後の句会となった。

（注）中山道の摺針峠で「摺って縫い針にする」と斧を磨く老婆に出会って未熟さを悟った修行僧（弘法大師）の逸話。

家業の規模が少しだけ大きくなり、忙しくなった。長女が結婚、出産。憧れていた篠笛の稽古を始めた。

いちじくの葉を打ち白雨来たりけり

帰省子の家の匂ひをまづ言へり

隧道の鑿のあとより滴れり
木雫のやうやう止みぬ落し文

草清水あをき砥石のつけてあり
ゴーヤ咲きはたきを使ふ音のして

青芭蕉うつれる水に濯ぎをり

土埃あげて雨来る立葵

水すまし笛の稽古のつづきをり

自転車を立つてこぎゆく雲の峰

川音の日毎にかはり今年竹

蚊遣火や上り框の黒光り

喪の家の大夕焼に坐りをり

こほろぎや仏間に残る出水あと

音高く祖父が井戸つく昼寝覚

焚口に骨むき出しの渋団扇

そここに機の音する草の花

織物の里　起宿

をさな子のしづかな寝息木の実降る

初孫　千穂

猿沢の池

秋ひでり羽根ゆらゆらと降つてきし

神島　二句

天高く蝶にして海渡るとは

稲妻や石段つづく島の道

田仕舞の煙をうすく寝釈迦山

短日や膝をつかひて藁束ね

京都北山

炉煙や柱にかかる山日記

松林や冬の夕焼け燠のごと

寺の子の挨拶はきと小晦日

天窓の日のまつすぐに飾餅

南天の撓みし雪を払ひけり

母生家

暗がりの多き家なり鬼やらひ

白魚汁しづかな祖母の伊勢言葉

夫より

ローマより遅日の電話かかりけり

父の杖いまも戸口に百千鳥

Ⅱ 白障子

「晨」関西吟行に毎月一回通うようになった。吉野、大和、近江、伊勢志摩などの集落、古くからの文化の地を訪ねた。

ヘルダーリンの詩句

『いさおし（功績）は多い。だが、人はこの地上に詩人として住んでいる』

人間存在のもっと深い底には、もはや功績をもってしては届かない次元があるという事を、大峯あきら先生から学ぶ。

「奥の細道」を五回に分けて訪ねた。仙台までは旅行社のウォーキングツアーに夫と参加、その先は金沢まで仲間とレンタカーで巡った。運転手要員の夫が曾良の随行日記を読み込み、Ｇｏｏｇｌｅマップで旧道を検索しコピーした分厚い手製の地図に依った。東日本大震災の一年前のことであった。

足跡の水澄んでゐる苗田かな

ひつぱつてみて蘗のつよきこと

囀やどの道ゆくも湖に出づ

子雀の迷ひ込んだる通り土間

赤目　十三歳の巫達に

巫に思はぬ春の寒さかな

橋流れ道途切れたる花うばら

筍の尖端すでに薄みどり

夏風邪のなかなか暮れぬ障子かな

蕎散るや鼻かむごとき鷺の声

水蹴つて田植の土を落としけり

袋掛アルミの脚立鳴らしつつ

到着のひとにぎはひや梅雨の宿

岡崎　八丁味噌

味噌蔵の裸電球梅雨さ中

青山椒摘むや雨粒こぼれたり

大楠の影くつきりと梅雨明くる

地蔵堂脇より金魚田に入りぬ

金魚田に大きくなりし泥鰌かな

茹でこぼす小豆の匂ふ朝ぐもり

巻貝の中は鴇色みなみ吹く

短夜の脚より朽ちし仁王像

泉涌寺

老鶯のしきりに雨の御陵かな

夏祓布裂く音の二度三度

をちこちに草引く人や南禅寺

楼門の急なきざはし蟬しぐれ

縁日の降りこめられし金魚かな

ひからかさ赤子抱へて通りけり

草いきれ前行く人のふつと消え

宇和島

遠雷のままに終りてどつと蒸し

放流のサイレン長し竹煮草

ふるへつつシャッター降りる大西日

ががんぼの弾む障子の暮れてゆく

草深く一つ二つと夕螢

追ひついて一つとなりぬ螢の火

夕涼の舟に火種を運びをり

山の端の月の出くらき鵜舟かな

老いたる鵜ただ泳ぎをる鵜松明

夕顔の実に宿の子のハーモニカ

新涼や径みち鳴らす葉鉄砲

鍬ついて山を見てをり生身魂

サルビアに風車の影の伸びきたる

藻畳の波にふくらむ秋暑かな

産み月の娘に蜻蛉ついてくる

浮草の上を波ゆく野分あと

茉歩

母も嬰も眠りにつきぬ鉦叩

大峯あきら先生

その人を離れぬ秋の胡蝶かな

吾の影ひかると見れば秋の蛇

石段に腰かけて読む鵙の秋

神島　三句

海荒れの一日となりぬ貝割菜

欠航の離れ小島の夜長かな

たばこ屋にタイルの出窓鳥渡る

梅もどき屋敷の中を川流れ

東吉野村　天好園

芋の露おきたるままに暮れにけり

金剛山《こんごう》をこえゆく秋の燕かな

相差　二句

海女の町どこ歩いても秋津舞ひ

参道に網を繕ふ秋の昼

棚暗く後の雛の祀らるる

藁かんで止まりしままの稲刈機

邯鄲や昼の露置く切通し

岬宮に帰燕の柱あがりをり

磐座へ穂絮とぶことしきりなり

しんがりを消防団や秋祭

大宇陀　蔵元

杉玉を吊り厚物の鉢ならべ

アスファルト引っ掻きゆくや桐一葉

ころがして掃く銀杏の匂ひかな

白菜のリヤカー曳いて乗船す

写経会のはじまつてゐる白障子

山眠る防火バケツに煙草浮き

吉野　専立寺　二句

空ふかく鳶の声する御取越

おかはりの頭上ゆきかふ御講汁

短日や身を低うして犬吠ゆる

高岡　瑞龍寺門前

雪吊の心棒立ててゐるところ

ねんねこの覗いてゆきし土蔵かな

みどり児を見に極月の街を抜け
奏佑
炭熾る匂ひの中の御慶かな

啓佑

水溜まり踏んで歩く子日脚伸ぶ

菅浦や鴉が鳴いて雪あがる

近江塩津　二句

残雪の解けては凍る塩津かな

春近き田圃の角に火を放ち

睡蓮の茎見えてゐる氷かな

笹子鳴く谷半面に日の当り

喜佐谷

寒明けの谷を通つてゆく鴉

流木のまはり下萌はじまりぬ

天窓の雪細りゆく雛かな

雛の夜の霙にかはる雨の音

Ⅲ

鬼やらひ

仏教哲学者でもある大峯あきら先生の法話を聴聞するため、吉野の専立寺を度々訪ねる。

「人間を含めたすべての生き物は、一つの根源的な命に貫かれて生かされている。命が終わっても個体という枠の外に出て命そのものに還るだけ」「自力では到達できない他力の次元のあること」を学ぶ。

最晩年の先生は「自我の割れ目より真の詩が生まれる」と繰り返し語られた。


学生時代に少し齧ったヴァイオリンを再開、アマチュアオーケストラに入団。

朝日さすところ囀りはじめけり

一輪車乗り捨ててある幟かな

空梅雨の夜空を白き雲流れ
引く波に流るる砂利の音涼し

安乗岬

松蟬や難所といへど波しづか

蟬のこゑ衰へぬまま海昏るる

通り雨七夕竹をぬらしけり
その下に老犬ねむる糸瓜かな

自転車を降りて押しゆく葛嵐

相差

ばらばらに子どもの帰る秋の暮

動くとも見えぬタンカー鳥渡る

鰯雲つながりながら夕焼けぬ

柿日和ふとん叩くや冴して

次女結婚

白絹に針通しをり菊日和

宴果てたる月明の石畳

下駄箱に跳ねてぶつかるちちろ虫

縦樋の鳴りはじめたる雨月かな

畑ひとつへだてて話す小六月

猟銃を袋に収め戻り来し
猟夫つと冬竜胆にかがみたる

歳晩の吉野の奥に人見舞ひ
いせみちのしまひ大師の人出かな

柊の匂ふ吉野のまくらがり

まつさらな荒筵踏み大晦日

大楠の下にて御慶申しけり

大峯あきら先生

吉野より短き電話冬木の芽

大峯あきら先生通夜

寒満月どんぐり山に上りけり

金星の青くのぼりぬ鬼やらひ

しゅんしゅんと春の霞の西教寺

耳立てて鹿のふりむく木の芽風

産声の廊下に届きあたたかし

産み終へてはくれんのごと眠りをり

Ⅳ

あめんぼ

「晨」を退会。季刊同人誌「なんぢや」に入会。地域が離れているため、メール句会、ｗｅｂ句会、一人吟行が基本。自分から距離をとるため「のの季林」を名乗る。自分のフィルターを通さずに、見たものをそのまま書くことを心がける。

　コロナ禍に入る直前、オーケストラではドイツへ演奏旅行。ハイドンの「天地創造」を地元の少年合唱団と共演。西洋の石造りの文化と日本の木の文化が音楽や暮らしに大きく関わっていること、その違いを肌身で実感。

蠟梅の日向を歩き一周忌

蜷の道あるかと覗く我の影

川砂に杉菜生えたる渡し跡

場所取りの寝ころんでゐる花の昼

重なれる花見筵の端と端

菖蒲　三句

畑荒れ家は破れて蕗の花

永き日や屋根にどしんと猿が降り

降雪のなき雪吊を解きにけり

土中より蛙の声や苜蓿

赤ん坊ゆらせば眠る藤の花

磯巾着すぼんで小石まみれなる
上りきし孑孑釘のごと沈み

街道の裏ひろびろと植田水

旗竿のきしむ音する牡丹かな

麦秋の己が拳に見入る嬰

葵　三ヶ月

蛭むしろ引つかけて来る鍬の先

大音

青梅雨や窓辺に繭を煮てをりぬ

ぶら下がる尺取虫に雨雫

木耳や琥珀のごとく雨に透け
行々子一羽はじかれ電線に

西表島　三句

梁に守宮の声の澄みわたり

アカショウビンの声の涼しき夜更けかな

扇風機回るばかりや留守の家

はたと蛾や紙飛行機に似て止る

枝に跳ね燈籠に跳ね柄長の子

ここにまた人影黒く螢川

透明な傘に螢つけて来し
螢火のひとつ呼ばるるごと迅し

落し鱧コンチキチンを抜けてきて

熊野灘　鬼ケ城

浸蝕の奇岩怪石みなみ吹く

顔伏して泣いてをるらし跣の子

地に落ちて蟻の這ひ出す木槿かな

あめんぼの押してきたるは羽搏く蛾

夕立の来てゐるらしき谷向かう

みどり児のふつと息呑む団扇風

星涼し盲導犬の名はデネブ
（注）デネブは白鳥座の首星

藻の上を沈みながらも跳ぶ蝦蛄

稲咲いて風の抜けゆく峡の家

戸を引けば守宮とびだす初あらし

雨粒に長き葉しなふ秋ついり

鉄扉あけ子ども出てくる露葎

安曇野　二句

刈草の燃えしぶりたる白露かな

山窪に雲降りきたり蕎麦の花

榎本享さん宅

戸口より数歩のところ鵙の贄

石叩き暗渠の口を飛び交へる
汀より花野となつてゆくところ

ベレー帽花野の奥に見失ふ

傾いて田に入りゆく稲刈機

蹴りこかす茸けむりを上げにけり

散りぢりに蟀蚸の跳んで海光る

踏んでゆく貝殻径の良夜かな

街中の花屋に舞ひぬ秋の蝶

蔓引けば隣る木揺るる木通かな

種飛ばす風の吹きをり枯芙蓉

雨だれに耳さとくゐる夜なべかな
白息の箒をとめて一礼す

紙垂《しで》のほか揺るるものなし神の留守

足見えて大き障子をはこびゆく

高槻　原　三句

ハモニカを一人が吹いて日向ぼこ

柿の種ふたつ狸の糞らしき

韜られし南瓜ころがる枯野道

伊豆　戸田漁港　二句

冬ざれや赤き鳥居が砂洲の先

深海魚はく製にして避寒宿

凜太朗

冬茜をさなごの影ぐんと伸び

枯木星絵本のやうに三日月も

奥三河　寒狭川

鴛鴦の玩具のごとし瀬を流れ

窓拭きの籠降りてくるクリスマス

盲導犬ねそべつてゐる社会鍋

献血の声を嗄らして大晦日

嵐とふ小さき猿を廻しをり

釧路湿原　二句

蛇行する川くろぐろと深雪晴

雪原に満月あかく上りけり

国後島《くなしり》や雪の村見え沖二キロ

網走

流氷を見に監獄の街を抜け

石投げて鈍き音する氷かな

風花の舞ひ上がりたる空の青

その向かう鶯の鳴く野焼かな

末黒野や灰捲き上ぐる旋風

焼野原一羽の鳶が来ては去り

斑鳩は蜷の道より暮れゆけり

V

濃紫陽花

同人誌「家」に入会。自宅から徒歩十五分の会場でひと月に一回の例会。幅広い自由な作品が並ぶ。選句後、作品の一つ一つに代表がコメント。参加者全員でより良い作品にするために話し合う。そこに特選などの評価が無いのが心地よい。

家業を次の世代に渡す作業を始めた。仕事を見える化することは頭の整理にもなる。孫は二歳から二十二歳までの七人になった。それぞれの個性が眩しい。

光るものやがて機影に初御空

後手を組むがごとくに寒鴉

藪出でし笹子のなんと小さきこと

ちぢみゆく籬の上の粗目雪

学校へ行かぬ子とゐる百合鷗

浅春の角むらさきに蛞蝓

竜天に登り畦みち水漬きたり

突つ伏して怒つて泣く子クロッカス

口すぼめ紙風船をつきにけり

鮊子をホースで流す糶のあと

踏みつけてゴム長脱ぐや花曇

新幹線ゆつくり車庫へ花菜風

同じ色なる弦月と夕桜
筋なして雨のあとなる花の塵

春昼の磁気浴びて出る検査室

陽佑

蒲公英の絮吹けぬ子や息を吸ひ

子かまきり糸のやうなる鎌かざし

暮れてより鴉の騒ぐ麦の秋

正座して王手をかける裸の子
蘆の花たぷたぷ潮の満ちてきし

山越えて日照雨下り来る葛の花

かまつかや旧道に入る路線バス

バス停に橋の名多し水の秋

穂架とぶ峠にのこる小學校

影太く秋草に跳ぶ土蛙

うすうすと棚田の跡や葛嵐

蜷の子のはりつく溝や落し水

皆既月蝕

月いまや赤銅色に神の留守

水底にあめんぼの影小六月

初雪の行く道々に雪だるま

水澄んで存外浅き冬の沼

泥あげて向きを変へたる冬の鯉

飛石の周り粉雪凍ててあり
日の差して雪解雫の俄かなり

我を越しバスに吹き入る春霞
鳥つぶて早春の谷落ちゆけり

係留の舟の傾く干潟かな

糀屋の天井低し養花天

青麦の畝くつきりとしてきたる

昼顔やアレチノギクを咲きのぼり

帰りにもまたもや頬に蜘蛛の糸

沖永良部島

段ボールかと見れば鱏なり翻り

耳病んで音無き雨の濃紫陽花

老いたる鵜羽を拡ぐる梅雨夕焼

砂遊びしてゐてやがて水遊び
サンダルの銀色の紐巻いただけ

梧桐のあをき影より現れし
巌まはり静かに満つる青葉潮

あとがき

〈縁は異なもの……〉

俳句をはじめて三年目の春、愛知県図書館で句集『雁坂』の背表紙が目に飛び込んできた。掌ほどの真四角の小さな句集。表紙絵は著者の手による秩父の山並の水彩画。

「スケッチブックの余白に書き添えた短文が俳句らしきものになったので朝日俳壇に投句したところ、加藤楸邨の四席に入選、俳句を始めた」と、あとがきにある。

秩父

濁 流 の 崖 の 上 な る 春 祭

感覚が研ぎ澄まされた作品に目の前が拓けた気がした。反骨精神あふれる作品も……。気付きと発見と驚きの著者の鋭い感性に魅了された。そして著者に私淑したいと強く思った。『雁坂』は絶版のため表紙絵を含めて全てをコピーした。

著者の中嶋鬼谷氏は後から知った事だが奇しくも同人誌「晨」にその年から同人参加されていた。縁とは異なもの。翌々年の夏の晨同人総会で初めてお目にかかることができた。

「先生のファンの方です」

紹介してくださる人に誘われ朝食に同席させていただいた。

「『雁坂』がどうして名古屋の図書館にあったのだろうねぇ?」

鬼谷先生は驚かれながら大いに話が弾んだ。ホテルロビーの朝日が眩しかった。

「では俳句を送ってください」

グループでひと月に一回、俳句を見ていただくという幸運に恵まれた。後にエッセイも加わり二年半続いた後、鬼谷先生から

「この会はこれで終了」

と言われた。お目が悪くなったという理由であったが、構成員の環境が徐々に変わり、詩を作る場をグループで共有できなくなっていたことが原因なのだろうと推測した。その後も、吟行会や別の勉強会も出来たが、やがて綻びが見えると終了を宣告された。詩の世界は日常の続きにあるものではない。全く次元の異なる世界にあるという事を当時の私は知る由もなかったが、

「物の見えたる光、いまだ心に消えざる中に言ひとむべし」

の芭蕉の言葉を思った。深川の安住を捨て漂泊の旅という人生を選んだ芭蕉は乾坤の変が現れる一瞬を常に緊迫感をもって追い求めていたのではなかったか……。

そういう詩的視座は、日常の延長線上ではない別の次元にあるということだったのだ。

その後も、今に至るまで形を変えて鬼谷先生への私淑は続けさせていただいている。

〈句集を編むということ〉


句集を編むと決めて、鬼谷先生に相談をした。

「いいね、いいね。句集は絶対に編むべきだよ」

強く背中を押して下さった。夫に話す前のことだった。そして自選の作品を送るように仰って下さった。俳句入門以来の入選句や「晨」誌上の掲載句など、パソコンに入力されていたため、簡単に用意はできると思った。

現在の自分から新たな目で選句した草稿①を送った。何度も読み返し、丁寧なコメントを添え、全体の半分ほどに○をつけて戻して下さった。他の作品に差し替えて草稿②を送ったところ、先生からは以下の手紙が届いた。


句集を編むということは自分とのたたかいです。

まとめた作品を読み返していると、ものたりない句が目につき、そこから徹底的な推敲がはじまります。過去に作った句も、〝自分の句〟ですから手を加えます。

まさに作句そのものの仕事になります。その作業によって自作のレベルが高まります。

句集を編む意味はそこにあります。新しい句境にいたることが句集の意味です。句集の稿を仕上げるために、ゆっくり時間をかけて下さい。

大きな勘違いをしていたことに初めて気付いた。芭蕉の言う「文台引き降ろせばすなはち反故」であり、選を受け秀句とされた句でさえ全て習作。更に推敲を重ねて作品に仕上げていかねばならないものだったのだ。反故の全ての洗い直しを始めた。

草稿③では序文、跋文の意味を問うてこられた。美辞麗句を嫌われる先生ならではのこと。既に充分にコメントをいただいた上での序文や跋文はもはや必要では無いと思っていたが、帯文だけはいただきたいと我儘なお願いをした。草稿④に、帯文と抄出の十二句を添えて送り返してくださった。

こうして「生涯、句集は出さない」と決めていた私であったが、重い滲出性中耳炎になり、先の見えない独りの時間の中で句集を編むことを思いつき、上梓する事になった。

句集名「蜷の道」は同じ処を堂々巡りしている私の自画像そのものである。今後も「生きている」その実感の一つ一つを書き留め、自分を驚かせていきたいと思う。

カバー絵は二歳の孫息子、柳原葵の落書きである。

*

中嶋鬼谷先生にご静養の中にもかかわらず選をいただきました上に、帯文、抄出句を賜りましたこと有難く感謝申し上げます。

またこの二十年、句座を共にしていただいた皆様に、生涯一冊の拙句集をお手に取って頂きました皆様に、心より感謝申し上げます。

令和五年九月十八日

安藤眞理子

著者略歴

安藤眞理子（あんどう・まりこ）

2002年　俳句入門　朝日カルチャーセンター宇佐美魚目
　　　　教室受講
　　　　「晨」入会
2005年　「晨」同人
2018年　「晨」退会
2019年　季刊同人誌「なんぢや」入会
2022年　「家」入会

現　在　「なんぢや」「家」同人、俳人協会会員

現住所　〒450-0001　名古屋市中村区那古野1-39-8

句集　蜷の道　になのみち

二〇二四年一月三〇日　初版発行

著　者――安藤眞理子
発行人――山岡喜美子
発行所――ふらんす堂
〒182-0002　東京都調布市仙川町一―一五―三八―二F
電　話――〇三（三三二六）九〇六一　FAX〇三（三三二六）六九一九
ホームページ　http://furansudo.com/　E-mail　info@furansudo.com
振　替――〇〇一七〇―一―一八四一七三
装　幀――君嶋真理子
印刷所――三修紙工㈱
製本所――㈱松岳社
定　価――本体二六〇〇円+税

ISBN978-4-7814-1620-5　C0092　¥2600E